ちくま文庫

笑う子規

正岡子規・著
天野祐吉・編
南伸坊・絵

筑摩書房

はじめに

俳句はおかしみの文芸です。

だいたい、俳句の「俳」は、「おどけ」とか「たわむれ」という意味ですね。あちらの言葉でいう「ユーモア」に近いものだと思います。

柿くえば鐘が鳴るなり法隆寺

子規さんのこの句を成り立たせているのも、おかしみの感情です。「柿を食べる」ことと「鐘が鳴る」ことの間には、なんの必然的な関係もないし、気分の上の関連もない。つまり、二つのことの間には、はっきりした裂け目が、ズレがあります。

もともとおかしみというのは、裂け目やズレの間からシューッと噴き出てくるものだとぼくは思っているのですが、この場合にも、そんなズレからくるおかしみが、ぼくらの気持ちをなごませてくれていると思うのです。

これは〝うふふの宗匠〞坪内稔典さんに教えてもらったことですが、漱石さんの句に「鐘つけば銀杏散るなり建長寺」というのがあって、これは子規さんの法隆寺より数ヶ月前につくられた句だそうですが、この二つに関する限りは子規さんのほうがいいですね、とおっしゃっていました。ズレとか、意外性から生まれる面白さの違いですね。

ところで、漱石さんの俳句にもユーモラスなものがいっぱいあってぼくは大好きなのですが、それにくらべると子規さんにはまじめな句が多いと思っている人がけっこういるんじゃないでしょうか。重い病いと闘いながら三十四歳という若さで亡くなった彼のイメージが、そう思わせているのかも知れません。

でも、それは誤解です。凄まじい痛みにさいなまれながらも、彼の想像力が生んだ世界には、生き生きした生気があった。そこから生まれる明るさがあった、とぼくは思っています。そう、ぼくの中にいる子規さんは、「明るい子規さん」「笑う子規さん」なんですね。

そんな子規さんの二万四千ほどある俳句の中でも、とくにおかしみの強い句、笑える句を選んで、南伸坊さんと一緒に自由に遊ばせてもらったのが、この本です。俳句にとくにつよいわけでもない二人が、楽しみながらつくった本ですから、まじめな子規研究にはいっさい役に立たないことはお約束しておきます。

というわけで、それぞれの句につけた短文も、いわゆる句解ではまったくありません。それぞれの句から思い浮かんだあれこれを、勝手に書き付けたものです。子規さんが怒るんじゃないかという心配もありますが、あのノボさんのことです、わははと笑って、一緒に遊んでくれるだろうと思っています。

天野祐吉

もくじ

俳句の表記は読みやすさを考え、常用漢字、新仮名づかいに改めました。
原文の表記と発表年は、巻末に資料として付しました。

新年

初夢の思いしことを見ざりける

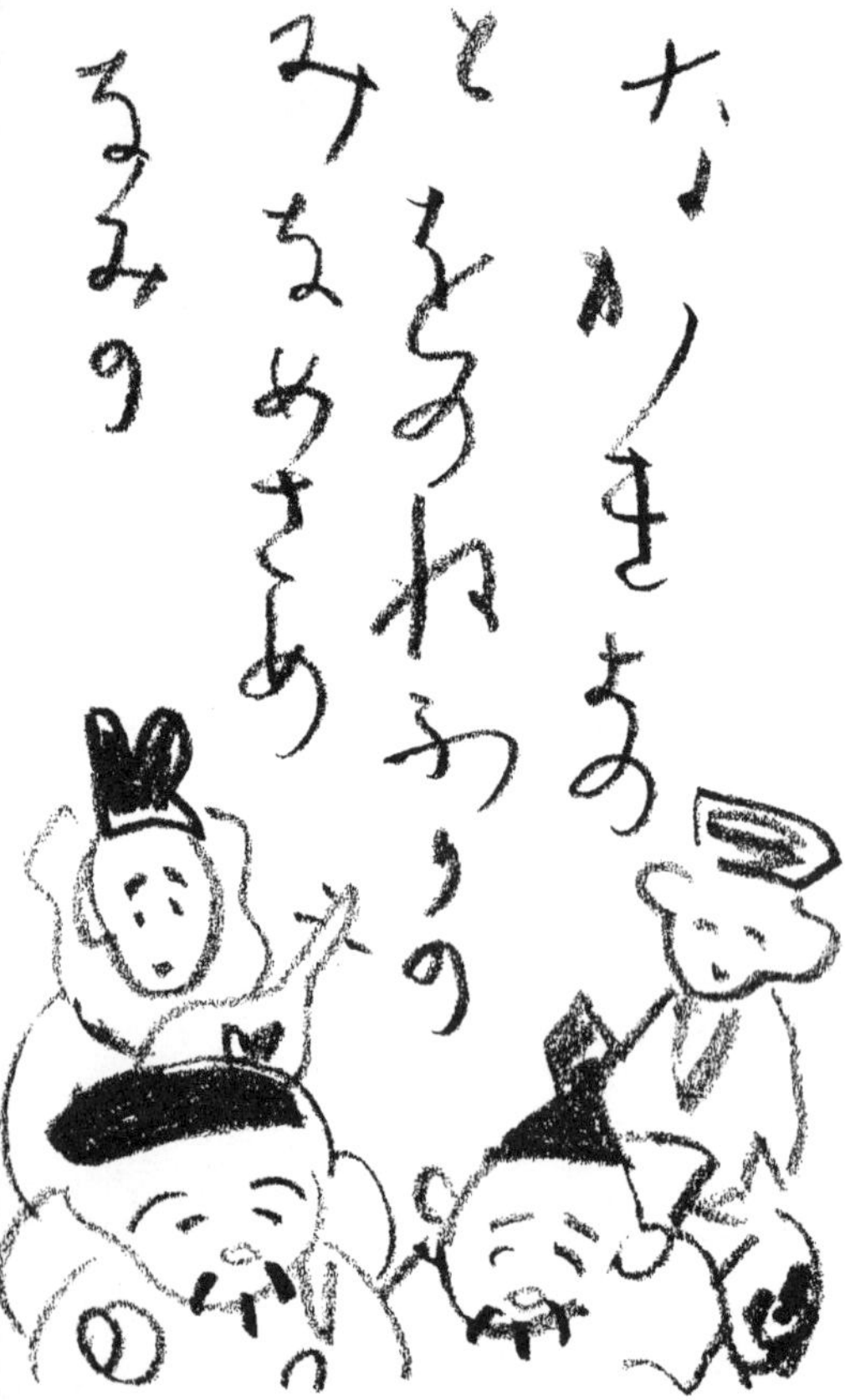
なかきよの
とをのねふりの
みなめさめ
なみの

人間というのは都合のいい生きもので、日頃の所業を棚に上げ、初夢はめでたいやつをぜひひとつ、なんて都合のいいことを神頼みする。が、そうは問屋がおろさない、反対にひどい夢を見たりするもんだ。するとこんどは「夢は逆夢」なんて勝手に解釈する始末で。

めでたさも一茶位《くらい》や雑煮餅

一茶はうまいね。
「めでたさも中くらいなりおらが春」なんて。
ことしの正月は、そのもじりでお茶を濁すか。

蒲団《ふとん》から首出せば年の明けて居る

ひょいと蒲団から顔を出したら
年が明けていたなんて、
落語の八っつぁんみたいに粋だろ？
ほんとは蒲団から出られない病人なんだけど、
ここは正月らしく、粋に気取らせてくれよ。

雑煮くうてよき初夢を忘れけり

いい初夢を見たのに、
雑煮と一緒に夢も胃袋に流しこんでしまった。
ま、釣り落とした魚は大きいっていうが、
たいした夢じゃなかったんだろうよ、きっと。

元日や上野の森に去年《こぞ》の月

さっき昇ったお日さんは元日のお日さんだが、
西に残ってるあの月は、大三十日《おおみそか》の月だ。
去年と今年が同居しているなんて、
空は広いなあ。

元日は仏なき世へもどりけり

やっぱり正月は神さんの出番だな。
お寺に初詣に行ってもかまわんが、
もともと正月は、氏神さんの領分だと思う。
ま、われに神なし仏なし。
どっちでもかまわんけどな。

えーと・・・
弘法

弘法は何と書きしぞ筆始《ふではじめ》

書き初めか。弘法はなんて書いたんだろうな。

「初日の出？」ばかな。

「初日の出？」なんだ、そりゃ？

「弘法も筆の誤り？」

正月早々、馬鹿言ってんじゃないよ。

銭湯を出づる美人や松の内

ほんのり上気して、
銭湯から出てくる女はみんな美人に見える。
松の内はなおさらだ。
すれ違う着物の襟もとから、
プンと石けんの匂いがしたりして。
香水じゃいけない。
石けんがいいんだ、石けんが。

銭湯に善き衣《きぬ》着たり松の内

松の内は、銭湯へ行くにも
しゃれた着物を着たりして。
歩き方まで、ちょっと松の内してるね。

口紅や四十の顔も松の内

びっくりだねえ、口紅なんかつけたりして。
それがけっこう色っぽかったりして。
そう、こっちもけっこう酔ってたりして。

門松と門松と接す裏家《うらや》哉

貧乏人の家の門松は、
間口がせまいから隣同士でくっついてる。
いいじゃないか、そのほうがにぎやかで。

正月の人あつまりし落語かな

やっぱり正月は笑いだな。
漱石や（秋山）真之《さねゆき》も落語が好きで、
連れ立ってよく寄席へ行ったもんだ。
わしらのユーモアの師匠だよ、落語は。

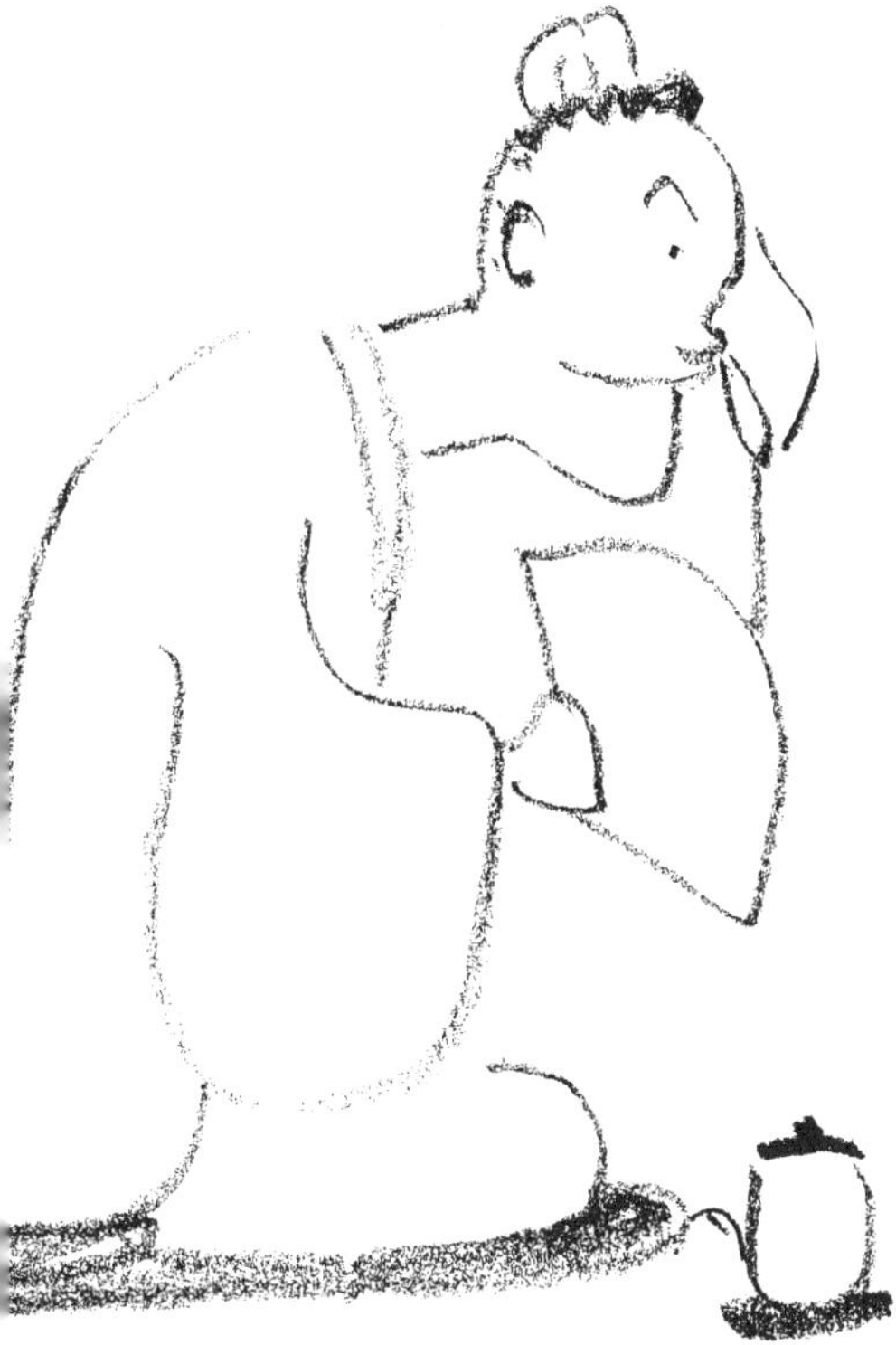

世の中に馴れぬごまめの形かな

一人前じゃないのが仲間に入っている。
大阪の下町ではこれを「ごまめ」というそうな。
カタクチイワシを素干しにしたごまめは、
正月料理の中で歯ぎしりをしているのかも。

雑煮腹本ヲ読ンデモ猶《なお》ヘラズ

運動しなけりゃ腹は減らん？
そんなことはわかってるさ。
でもなあ、本を読むのだって頭の体操と違うか？

歌かるた知らぬ女と並びけり

これを幸運と呼ぶか、災厄と見るか。
それは男の品性にもよるが、
並んだ女の魅力にもよる。
ま、わしはそのどっちでもなく、
ただの偶然と思うだけだがな。
え？　顔が赤い？　それは正月の屠蘇《とそ》のせいだ。

大《おお》三《み》十《そ》日《か》愚なり元日猶《なお》愚也

大三十日は一年の締めくくりでたいへんだ？
元日は一年の始まりで身も心も引き締まる？
なに言ってるんだ。
どっちもだらだらと続いていくただの一日に過ぎん。
愚だ愚だ、ぐだぐだ言うな。

初芝居團十郎の烏《え》帽《ぼ》子《し》かな

九代目（團十郎）の芸はすごかったね。菊五郎（五代目）や左團次（初代）と共に明治歌舞伎の黄金時代をつくり出した革命児だ。ま、俳句の世界の子規みたいなもんさ。

初曾我や團十菊五左團小團

「寿曾我対面」と言えば、正月歌舞伎の定番ものだ。
團十郎やら菊五郎やら左團次やら小團次やら、
ごひいき役者がずらり勢揃い。
その豪華絢爛ぶりを五七五で言えてしまうんだから、
俳句はすごいと思わないか。

初芝居見て来て曠着《はれぎ》いまだ脱がず

役者にとって初芝居なら、
こっちにとっても初芝居。
「よっ！　成田屋！」なんて、家に帰っても
晴着のままで見得を切ったりして。

盗人の暦《こよみ》見て出る恵《え》方《ほう》かな

昔から、荷物をかつぐ商売の者は
縁起もかつぐ。
盗人だっておんなじだ。
嘘だろうって？

嘘にきまってるだろう。
人をかつぐのが文人の仕事だ。

春

緑子《みどりご》の凧《たこ》あげながらこけにけり

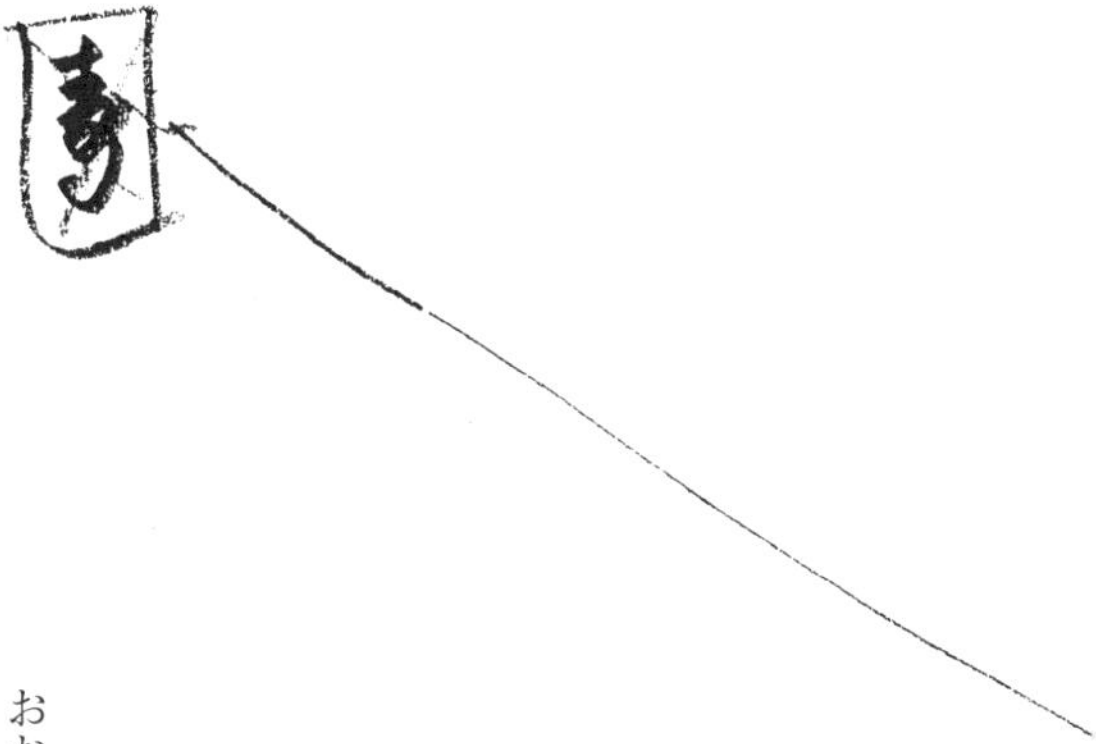

おおきな空とちいさな子ども。
その取り合わせも可愛いが、
その子がこける姿はもっと可愛い。
なんて思っているうちに、ほら、またこけた。

毎年よ彼岸の入に寒いのは

母親のつぶやきがそのまま句になった。ならば、「生まれつきよお前の頭が悪いのは」でもいいのか、なんて聞く人の魂は永遠に救われぬであろうよ。

春風にこぼれて赤し歯磨粉

春風はいたずら者だ。赤い歯磨き粉を吹き飛ばして、素知らぬ顔で笑っている。

春風のとり乱したる弥生《やよい》哉

春は悩ましい。狂おしい。
風まで、取り乱した人の姿を思わせるように吹き荒れる。
そういえば、八百屋お七が恋に狂って放火したのも、
三月二日の夜だったな。

梅ちるや米とぐ女二三人

梅の木の下で、黙々と米をとぐ女たち。
「梅散る」の風雅と「米とぐ」の世俗が同居する、
その取り合わせがあったかい。

春風や象引いて行く町の中

象がのっしのっしと町をのし歩く。
そんな風景には、春風がよく似合う。
徳川時代から象は日本人の人気者だった。

人に貸して我に傘なし春の雨

いいんだよ。
女の人に傘貸して、自分は春雨に濡れて行く。
春の雨は濡れて行くのが粋なんだ。
粋って、つらいのさ。

春雨や裏戸明け来る傘は誰

裏の木戸を開けてやってきたのはだれだろう。
傘が邪魔して顔が見えない。
それが気になるのは、春雨のわざか、
人恋しさか。

紅梅や秘蔵の娘猫の恋

「紅梅」「秘蔵の娘」「猫の恋」

事物の名を三つ並べただけで世界が生まれる。

「原節子小津安二郎金魚鉢」

後年、そんな句を詠んだ俳人もいたそうな。

二番目の娘みめよし雛祭

じゃあ、最初の娘は？
なんてことは言わぬが花のひな祭り。
「二番目の」というところに、
両親のホッとした顔が浮かんで見える
と思わないか。

蝶々や順礼の子のおくれがち

菜の花畑の向こうを大きな菅笠が一つ、ゆっくり進む。と思ったら、もう一つ、小さな菅笠が遅れがちについていく。小さな菅笠は、きっと蝶と遊びながら歩いているんだろう。

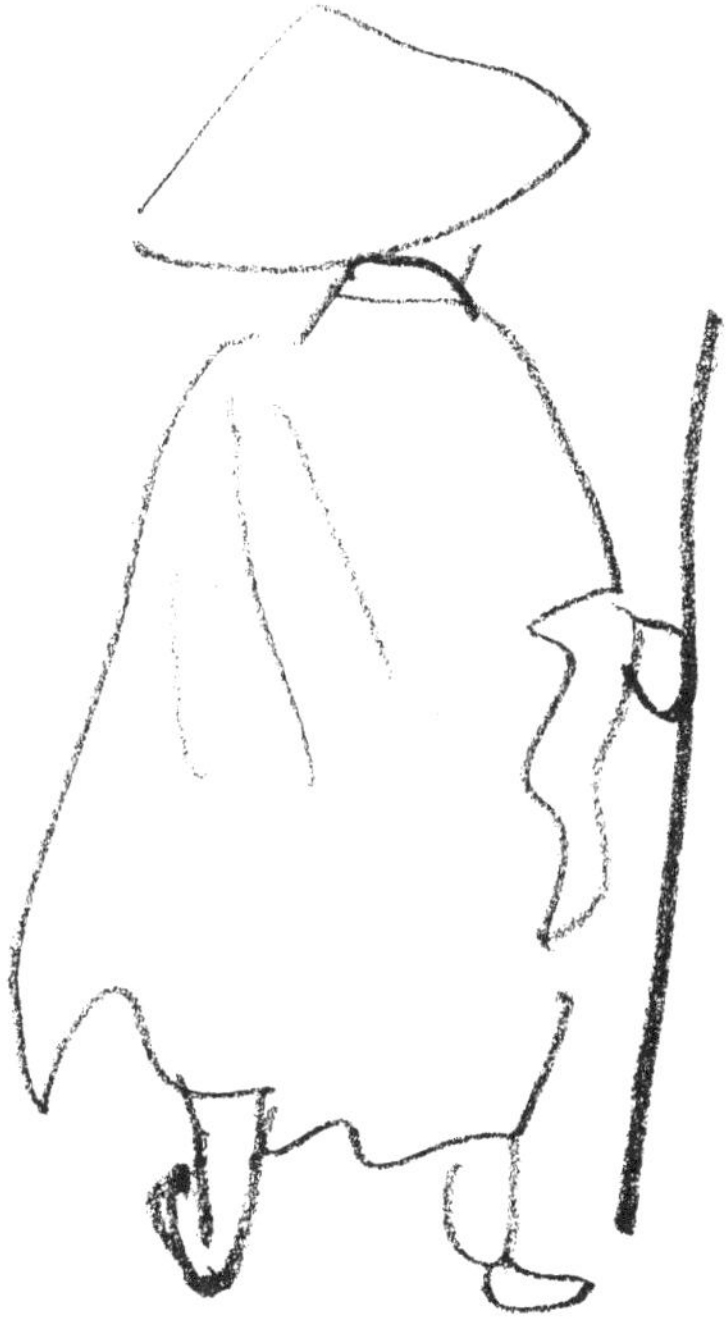

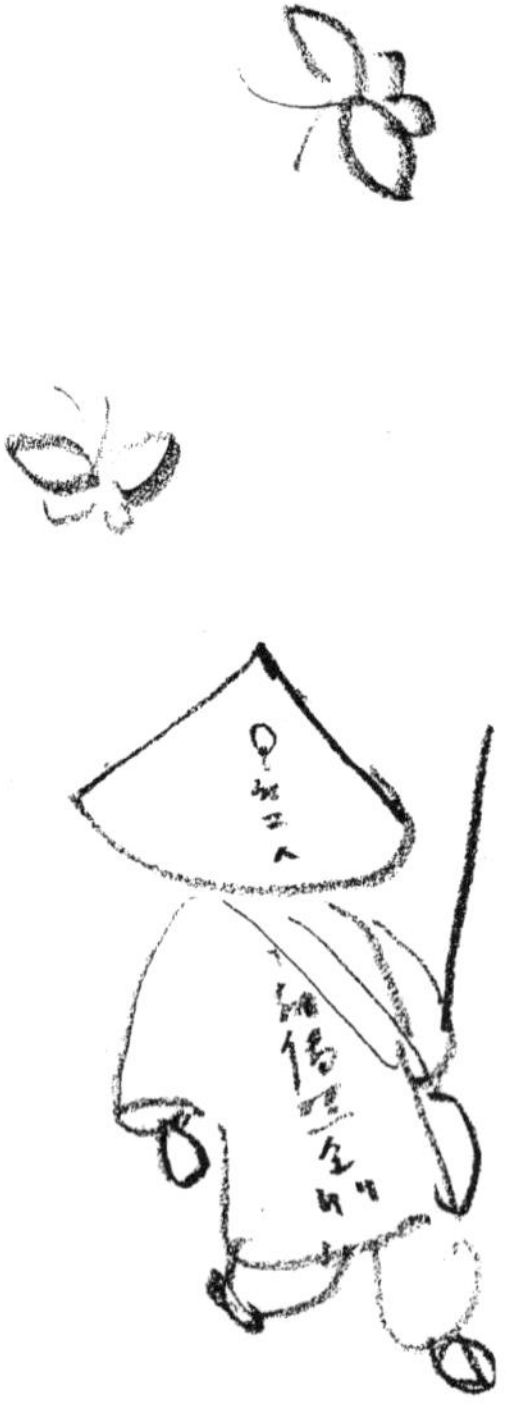

すさまじや花見戻りの下駄(橋)の音

カラコロカラコロカラコロカラコロカラコロカラコロ
カラコロカラコロカラコロカラコロカラコロカラコロ
カラコロカラコロカラコロカラコロカラコロカラコロ

弥次郎兵衛喜多八帰る桜かな

花見どきにはみんな、花恋し人恋しと、
ふるさとに帰ってくる。
「花は人、花は愛」ってわけか。

十三の年より咲て姥桜

いろんな桜が咲いてるなあ。
こんなにたくさんあっても、
一本として同じ樹はない。
人も同じだな。

散った桜散る桜散らぬ桜哉

散った人、散る人、まだ散らぬ人。
ま、だれもがしょせんは散る身なら
散り急ぐことはないさ。

女生徒の手を繋《つな》ぎ行く花見哉

職人やら役人やら男やら女やら、花見は人間の博覧会だ。
それにしても女生徒っていうのは、いつでもどこでも、
どうしてあんなに手をつないで歩くのかね。ナゾだね。

銭湯で上野の花の噂かな

銭湯では桜の話に花が咲き、
上野では桜に人の花が咲く。

人を見ん桜は酒の肴《さかな》なり

花見は花を見に行くんじゃない、
人を見に行くんだ。
「花盛りくどかば落ちん人ばかり」
ほら、また一句できたぞな。

のどかさや娘が眠る猫が鳴く

すべて世はこともなし。
周りの風景がスローモーションのように
ゆっくり動いている。

門しめに出て聞て居る蛙かな

夕暮れに蛙の声に耳を傾けている門番の男。
ケロケロケ　ケケロケロケロ　ケケケロケ
松山城の堀の蛙は五七五で鳴く
という噂があるが、ほんとかね。

蝶飛ブヤアダムモイヴモ裸也

もつれながら飛んで行く二羽の蝶を見ていたら、
いつのまにかアダムとイブに変わっていた。
いいねえ、裸は自由で、開放的で。
でも、りんごなんかを食べたせいで、
衣装という名の常識でからだを隠すようになっていく。
りんごじゃなく、柿にしとけばよかったんだ。

内のチョマが隣のタマを待つ夜かな

「内のチョマ」は雌猫である。
「隣のタマ」は雄猫である。
そんなことは言われなくてもわかっている。

おそろしや石垣崩す猫の恋

猫の恋ははげしい。
とくに雄猫の執念はすさまじい。
「恋猫の眼ばかりに痩せにけり」（漱石）
一念岩をも通す。石垣くらい屁の河童だ。

春の夜や隣を起す忍び声

夜も更けて、隣家を起す忍び声。
こういうときは、全身が耳になっちまう。
あれ、隣の奥さんが起きたみたいだ。
ん？　けんかしてるな。
旦那が酔っぱらって帰ってきたのか。
なんだ、つまらん。

化物の名所通るや春の雨

化物の舞台に雨は欠かせない。
それも、しとしとと降る雨がいい。
さあ、出るぞ。ドロドロドロ……。

大仏のうつらうつらと春日哉

大仏の目がトロンとしている。
と思っていたら、
大仏がうつらうつらと……、
ほら、眠った。（誰が？）

大仏に草餅あげて戻りけり

でっかい大仏にちいさな草餅。その取り合わせがいい。
供えたというより、残り物を置いてきたのかも。

夏

夕立や並んでさわぐ馬の尻

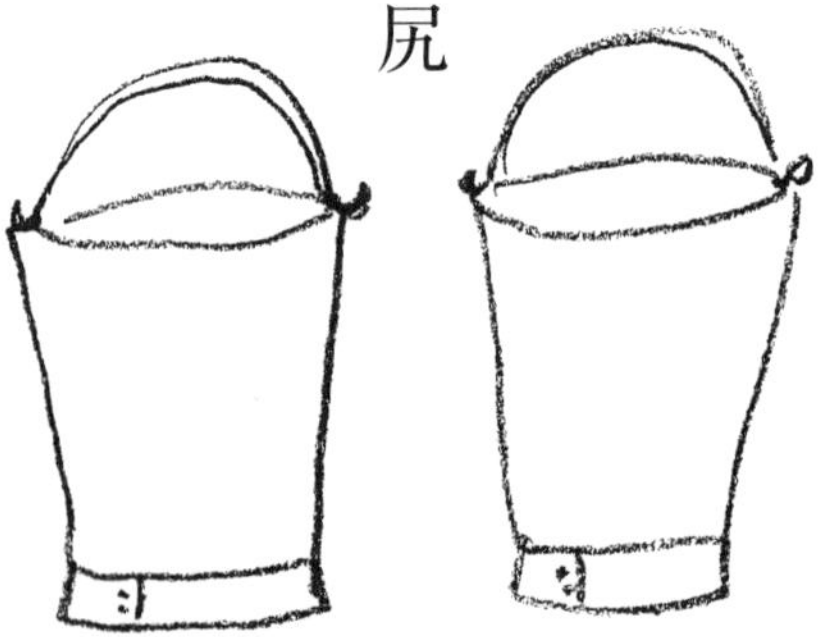

馬は繊細な神経の生き物で、夕立にも心さわぐ。
何頭も並んで繋がれた馬が夕立に遭うと、
まるで尻ふりダンスをしているようだ。
それにしても、なぜバケツは馬穴なんだろう。

夕立や蛙の面に三粒程

一粒じゃ寂しい。
五粒じゃうるさい。
三粒程がよろしいようで。

夕立や豆腐片手に走る人

ものぐさだねえ。
籠も持たずに豆腐を買いに行って、
手の平に載せて帰ってきたんだろうな。
そこに突然の夕立だ。
それ、走れ走れ。

五月雨や畳に上る青蛙

不意の来客だ。
蛙も雨に濡れたくないのか。
いつのまにか、とぼけ顔で。
「ごめんください」くらい言ってから上がれよ。

妻去りし隣淋しや夏の月

夜までにぎやかな声が聞こえたのに、
子どもたちの声まで聞こえない。
月だけが、こうこうと明るくて。

白や赤や黄や色々の灯取虫

夏の夜、灯火に集まってくる虫たちも、
よく見ると色とりどり。
それぞれにおしゃれというか、不気味というか。

短夜や幽霊消えて鶏の声

鶏が鳴いて幽霊が消えるのが順序だろう。
え？　夜が短すぎて、先に幽霊が消えた？

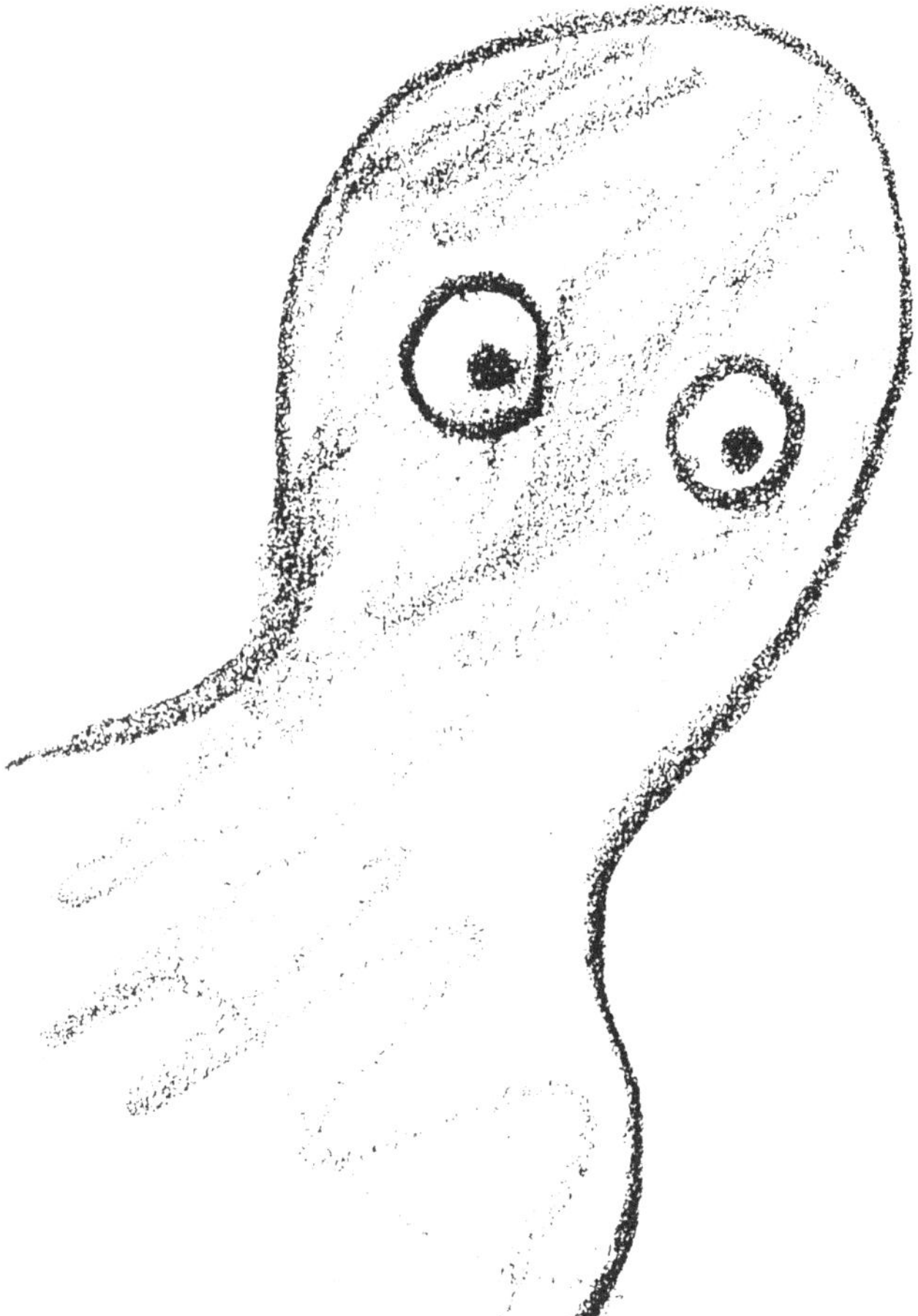

五女ありて後の男や初幟《のぼり》

五人も女の子が続くと、たいていの者はあきらめる。
が、わしの尊敬する人物はあきらめずに精を出した。
その執念が実って、めでたく男の子が授かったんだ。
陸羯南《くがかつなん》という大先達さ。

雷をさそう昼寝の鼾《いびき》哉

これもわしの知り合いだが、この男と旅をしたときは、夜中に宿の者が勘違いして、部屋の雨戸を閉めにきたよ。

葉桜はつまらぬものよ隅田川

なんだと？
盛りを過ぎた女性はつまらんだと？
ばかもん、
そういうのを深読みの筋ちがいというのだ。

歯が抜けて筍《たけのこ》堅く烏《い》賊《か》こわし

ふぁけのふぉだけじゃなひ、
ひいふぁけもろくにふぁめん。
わらふな、ひょうは
ひとのみあふぃたはふぁがみじゃ。

行水や美人住みける裏長屋

落語の「妾馬」じゃないが、
昔から美人は裏長屋に住んでるもんだ。
ま、そうでない場合もあるけどな。

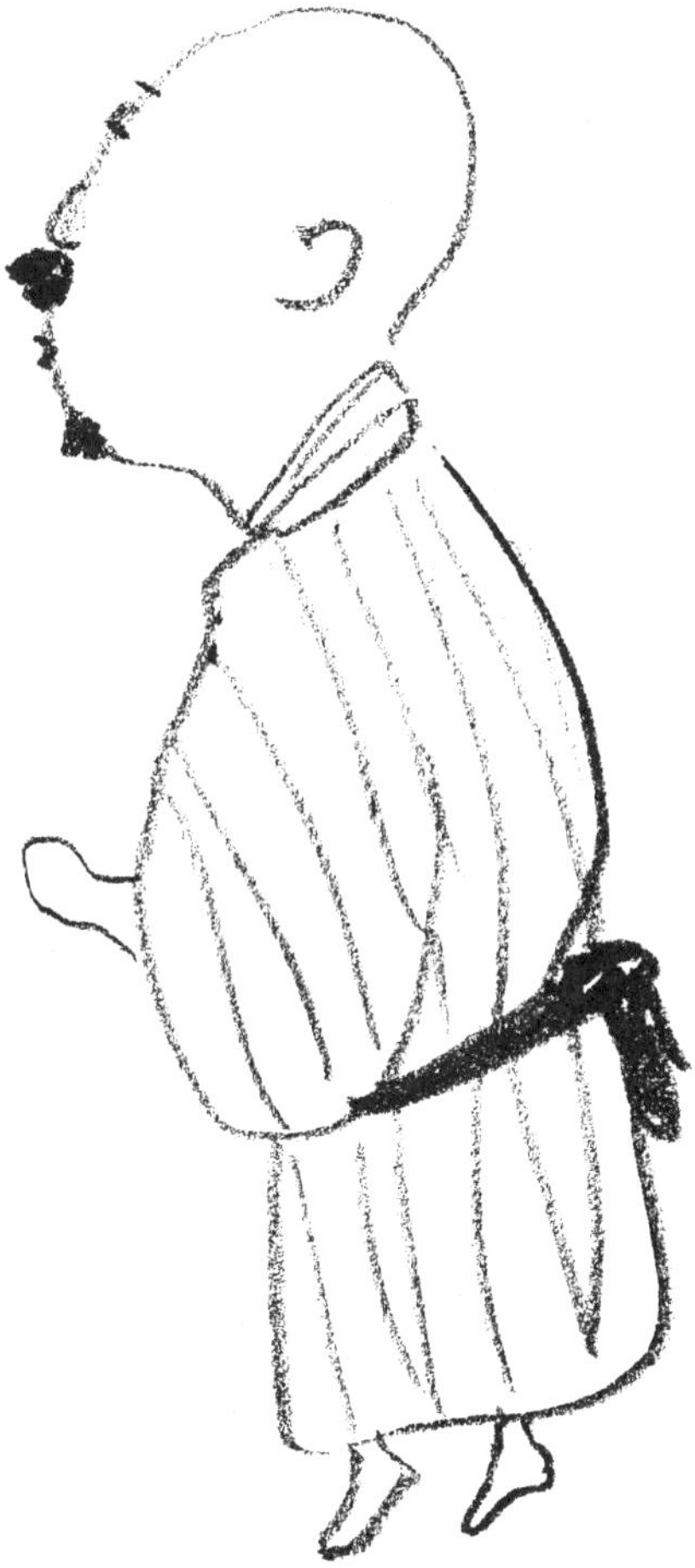

夕顔に女湯あみすあからさま

これ見よがしにやってるわけじゃない。
おとこのほうが勝手にそう感じるだけだ。
ま、そうでない場合もあるけどな。

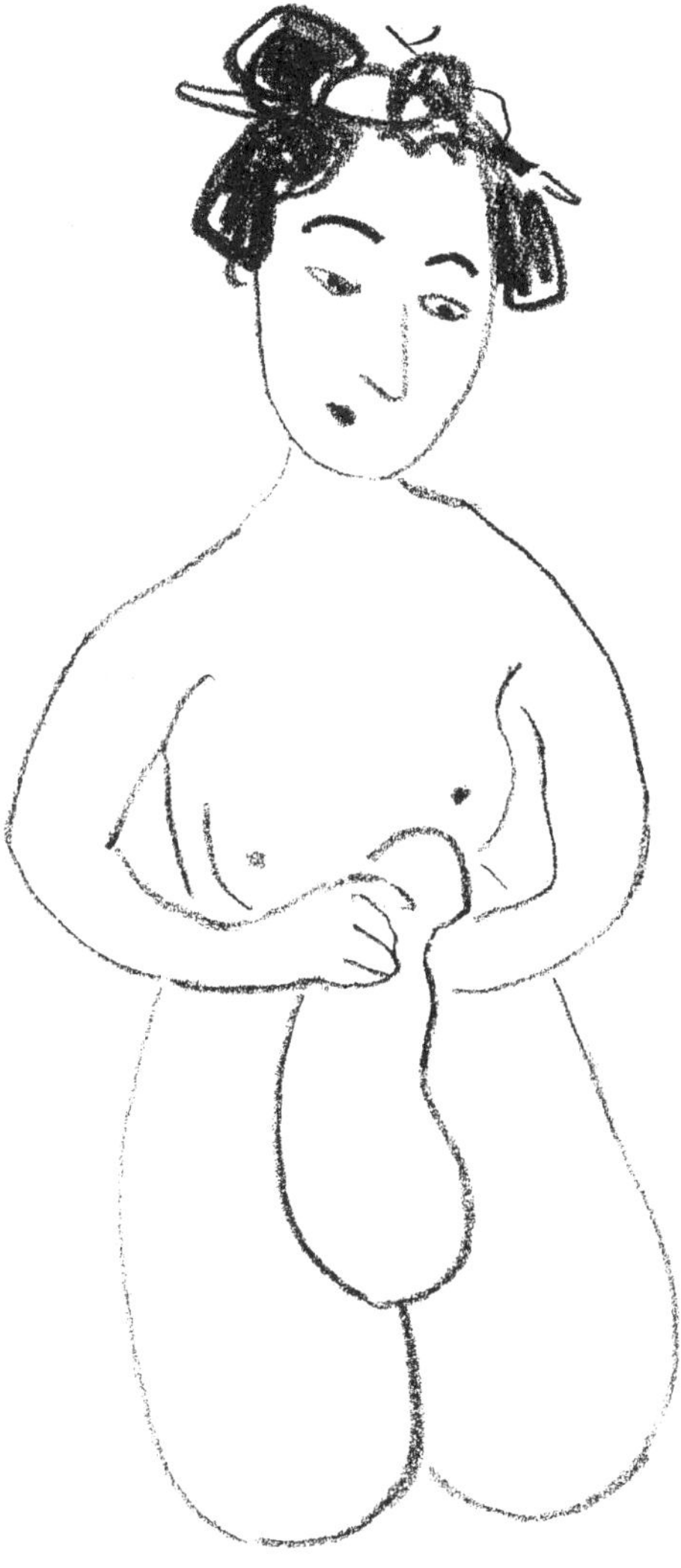

金持は涼しき家に住みにけり

クリ坊ちゃんのお屋敷では、
部屋ごとに扇風機がまわっておってな、
「ウチワってなんですか」
と、クリ坊ちゃんが涼しい顔で聞いたそうな。

涼しさや人さまざまの不恰好

母親は襦袢一枚、父親はふんどし一丁。
裸でくしゃくしゃになっているのは、
ありゃ婆さんだ。

和歌に痩《や》せ俳句に痩せぬ夏男

和歌の革新で身をけずり、
俳句の革新に血をそそぐ。
これで痩せずにおられよか。

鯛《たい》鮓《ずし》や一門三十五六人

法事なんぞに集まると、
一門三十五、六人なんぞ珍しくない。
はじめて見る顔もいたりして。
中には鯛鮓食いたさに、
一門でもないのが混ざっていたり。

薄物の羽織や人のにやけたり

この暑いのに羽織なんか羽織って。
絽かい。粋だねえ。
にやけてるねえ。

ある人の平家贔屓《びいき》や夕涼

平家贔屓は少数派だ。

縁台将棋を横から見て、

「見るべき程のことは見つ」

なんて知盛《とももり》を気取ってると、
町内で島流しにあうのは必定だ。

子は寝たり飯はくうたり夕涼

子どもは寝かしつけた。飯は食った。
きょうも一日、暑かったなあ。

えらい人になったそうなと夕涼

「秋山さんとこのご兄弟は、えらいご出世じゃそうな」
「それにくらべて、正岡のノボさんは相変わらずサエんなあ」

睾《こう》丸《がん》をのせて重たき団扇《うちわ》哉

いやらしいなぞと言う人はいやらしい。
これこそ、平和の図だ。
真之なら「睾丸」が「砲丸」になってしまう。

睾丸の大きな人の昼寝かな

なぜか度胸のすわった男はアレが大きいと思われている。
が、もちろんアレの大小と人間の大小はまったく関係がない。
それにしても、
褌からハミだしているあの人のアレは大きいなあ。

早《さ》乙女《おとめ》の弁当を覗《のぞ》く鴉かな

田の神を昔は早男《そうとく》と言って、
それに仕える女を早乙女と呼んだらしいな。
つまり、田植えは早男と早乙女の交合の儀式だったんだ。

六十のそれも早少女とこそ申せ

早乙女を詠んだ句は多いが、
なぜかこの句だけ「乙女」が「少女」になっている。
六十の早乙女に、気が動転したのではあるまいか。

男許《ばか》り中に女のあつさかな

男だけの中にひょいと女が加わると、
急に座の空気が暑くなる。
男の体温が平均一度ずつ上がるせいだ。

さわるもの蒲団《ふとん》木枕皆あつし

寝たきりの者には、さわる物はみな暑い。
物だけじゃない、さわる者はもっと暑い。

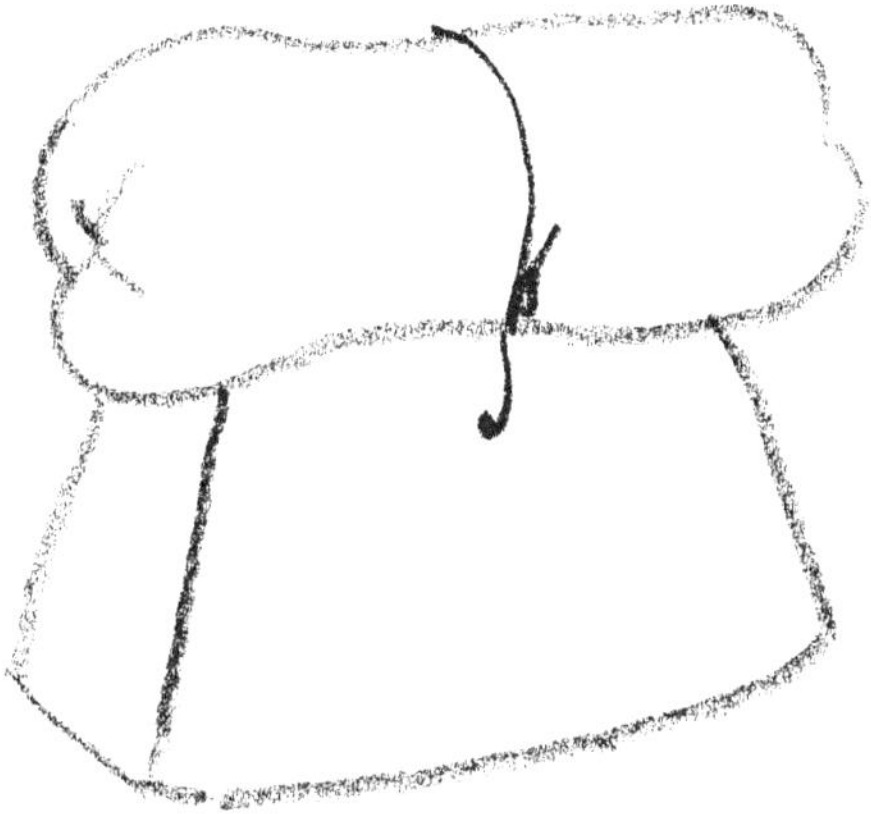

念仏や蚊にさされたる足の裏

つらいのだ、これは。
足がしびれているから、うかつに動けない。
立ったりしてみろ。ばったり倒れて、即往生だ。

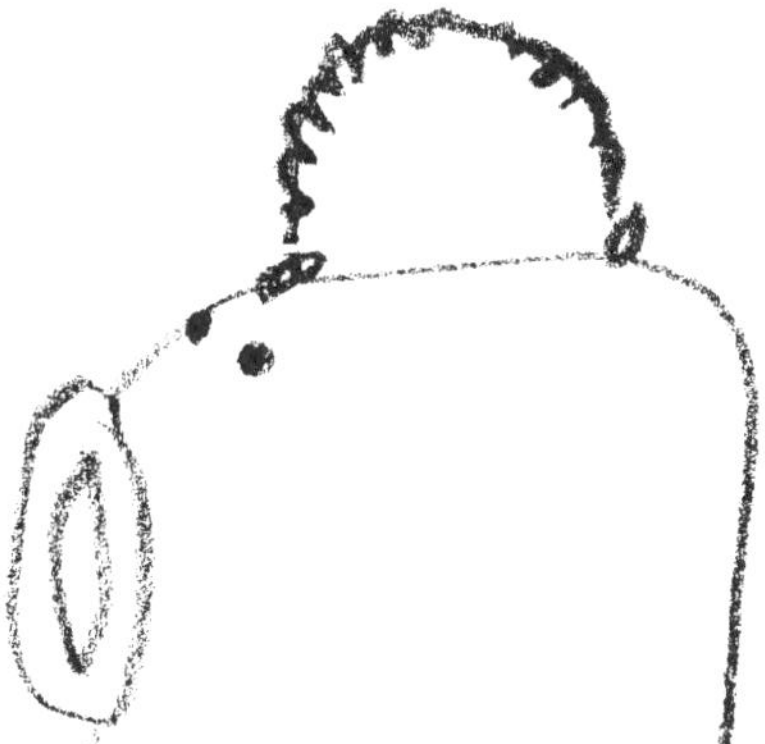

よって来て話聞き居る蟇《ひきがえる》

小野道風の昔から、絵画に、俳句に、花札に、人と蛙のつきあいは長い。これだけつきあえば、人の話も聞いてわかろうというものだ。

蠅《はえ》憎し打つ気になればよりつかず

不思議なもので、蠅叩きを手に持ったとたんに、あんなにうるさかった蠅が近づかなくなる。気配でわかるのだ、きっと。

愛憎は蠅打つて蟻《あり》に与えけり

「愛憎」ということばの、
これ以上みごとな定義はないと思わないか。

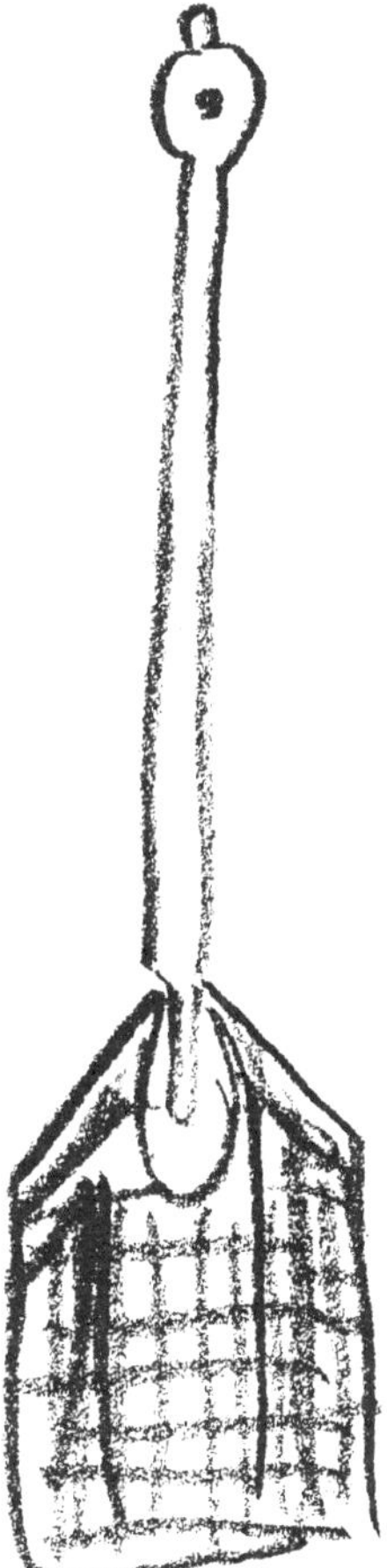

蚊か蠅か蚤《のみ》か虱《しらみ》か孑《ぼう》孑《ふら》か

文字を見ただけで全身がかゆくなってくるではないか。
ああ、かゆいかゆいかゆいかゆいかゆい。

言巧ニ蚤取粉売ル夜店カナ

どんな売り手の口上だったかと聞かれたが、
おぼえておらん。ご存知の方は、
ぜひ（本書の著者に）教えてやっとくれ。

蚤《のみ》とり粉の広告を読む床の中

蚤とり粉の広告は、寝床の中で読むに限る。
蚤がこわがって逃げていくのだ。
だから、できるだけ大声で読むと、
効果が大きいと言われている。

のみとり粉は液とし又はふすべ用ひ方でいかなる虫にも効あり樹木の害虫綿
害虫類は勿論……又南京虫にも効あり大阪府監獄
第四回内國勸業博覧會褒状寫
除虫菊　和歌山縣有田郡
山田原　上山英
褒　状
審査官
諏訪鹿三印
從七位府縣次郎印
從五位稲羽逸人印
審査部長從四位勳三等田中芳男印
審査總長正三位勳二等九鬼隆一印
審査總長ノ申告ヲ領シ茲ニ之ヲ授與ス
明治廿八年七月廿一日
總裁大勳位彰仁親王印
のみ
しらみ
なんきんむし
か
いぶ虫
こめむき虫
インセクトポウダーフラワー粉末
のみとりこ
のみとりこ製し方できる
諸國のみとりこ一名は外
内國博覧會で褒状賜ひし
製造おろし本元で買見て
紀州有田郡
製造本
をろし賣元
發生保證除虫菊
ト
増補訂正第二版
除虫菊栽培書
定價十四錢
栽培方除虫藥除虫液製法收益除虫菊に關する農商務
國の需用我國輸入額泌米兩國領事方の報告綿の虫にも有効なる博士リレイ氏の

極楽は赤い蓮《はちす》に女かな

極楽とはどんなところか。
そう聞かれると、こう答えるようにしている。
嘘だとバレても、死者に口なしだ。

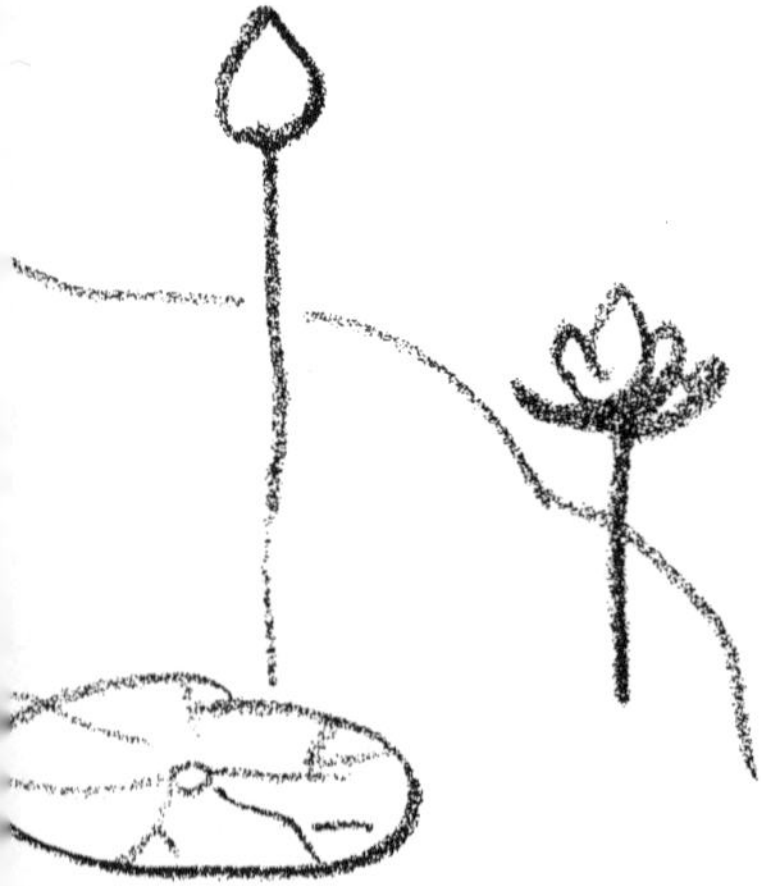

生きておらんならんというもあつい事

伊予弁がわからんという人のために東京弁に翻訳しておく。

「生きてなきゃいけねえってのも、けっこう暑いこったねえ」

つまり、どっちも簡単に言えば、「暑い！」ってことだ。

一匙《さじ》のアイスクリムや蘇《よみがえ》る

虚子の家で、
奥さんにアイスクリムをごちそうになったことがある。
うまかったなあ、あれは。
虚子の句よりも、うまかったぞ、あれは。

腐り居る暑中見舞の卵かな

せめて、温泉卵にしてほしかったなあ。

忍ぶれど夏痩《やせ》にけり我恋は

ものや思うと人の問うまでもなく、
わかるだろうよ、この痩せ方を見れば。

秋

七月廿八日 曇

枝豆

翠を捂ま捐ト

話をながら

書図ろ

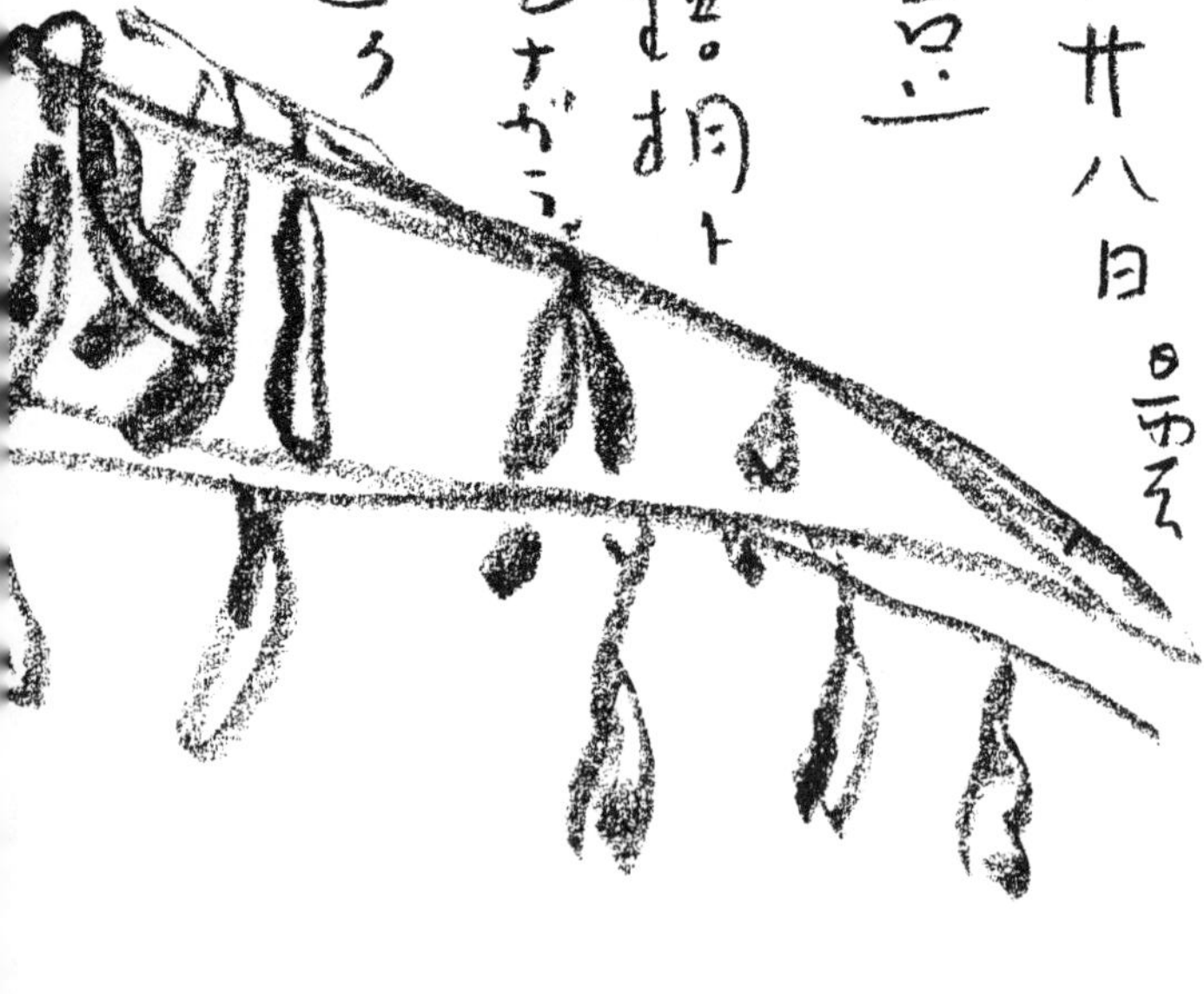

話ながら枝豆をくうあせり哉

あれはねえ、食べ出したらとまらない、あとひき豆だね。
話が佳境に入れば入るほど、食べる速度が上がっていく。
相手も速いからねえ、あせるねえ。
なんだろうね、あのあせりは。

枝豆ヤ三寸飛ンデ口ニ入ル

ゆでた枝豆のさやを指でつぶすと、中の豆がぴゅっと飛び出す。それをひょいとあけた口で受け止めるんだ。ちょっとやってみせようか。それ、ぷしゅっと……あ！そう、人生失敗もある。

一日は何をしたやら秋の暮

秋の日はつるべ落とし。
それにしてもきょう一日、
いったい何をしていたんだろう。
いいねえ、こんな一日も。

押しかけて余所《よそ》でめしくう秋のくれ

こんな日は、
よその家に押しかけてめしをごちそうになるに限る。
鳴雪さんちへでも行こうかな。

秋の蚊のよろよろと来て人を刺す

あわれなヤツ。あの夏の元気はどうした。
それでもまだ刺す気力が残っているか。
それとも、いっそつぶしてやろうか。

秋風の一日何を釣る人ぞ

何を釣っているんだろう。
糸を垂れた釣り人の姿が、さっきからじっと動かない。
ただ釣糸が、秋風にゆっくりゆれているだけだ。

銭湯で下駄換えらるる夜寒かな

あるある、わしも換えられた。
寒々しい気分になるな、あれは。
以来、わしは汚い下駄を履いて行って、
いい下駄で帰ってくることにしている。

螽《いなご》焼く爺《じじ》の話や嘘だらけ

昔は月の兎を家で飼ったりしたもんじゃ。
そのころは月が手の届く所を回っておってな、
ときどき兎が落ちてきたもんよ。
……こういう爺さん、好きだなあ。

稲妻や大福餅をくう女

真っ暗な中でピカッと稲妻が光ったとき、
その一瞬の青白い光の中に
大福餅を食ってる女の顔が浮かび上がったら、
こわいだろう。こわいよな。

羽織着る秋の夕のくさめ哉

秋の夕方は急に空気が冷たくなる。

で、羽織を着たとたんに「ハクション」ときた。

「毎年よ彼岸の入りに暑いのは」

などと油断してたら風邪ひくぞ。

からげたる赤腰巻や露時雨

露でびっしょり濡れた道を、
赤い腰巻をからげて女が行く。
じろじろ見るな、ちらちら見よ。

柿くえば鐘が鳴るなり法隆寺

柿を食ったら鐘が鳴った。
なんの関係もない関係のおもしろさ。
ズレの裂け目からおかしみが顔を出す。

山門をぎいと鎖《とざ》すや秋の暮

音だよ。静けさを表すのは風景じゃない、音だ。
蛙が池に飛び込む音。山門を閉める音。
「ぎい」が主役だね。
それ以外は何も聞こえない静けさ。

書読まぬ男は寝たる夜長哉

秋の夜長に寝不足になる人。
秋の夜長に寝過ぎになる人。
世の中はこの二種類の人間でできあがっている。

人にあいて恐しくなりぬ秋の山

春の山で人に会うのは懐かしい。
夏の山で人に会うのは愉しい。
秋の山で人に会うのは恐い。
冬の山へは行かない。

向きあうて何を二つの案山子《かかし》哉

案山子は物を言わぬと思うか。
わしは田んぼで向き合った二つの案山子が、
深夜、何やらひそひそ話し合っているのを見た。

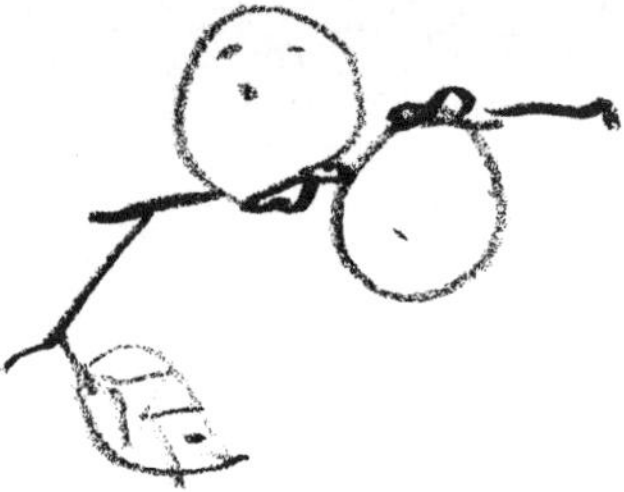

柿《かき》喰《くい》の俳句好みしと伝うべし

柿と俳句が好きな男だったというほかに、
ことさら付け加えることはない。
あ、野球と菓子パンも好きだったけどな。

小坊主や何を夜長の物思い

故郷のこと、親のこと、行く末のこと。
小坊主ほど夢は大きい。

何笑う声ぞ夜長の台所

夜の台所から聞こえてくる笑い声。
女たちのくったくのない笑いが、
小さなしあわせの空気を運んでくる。

明月ヤ枝豆ノ林酒ノ池

「酒池肉林」は名月にはそぐわない。
酒の池はけっこうだが、
林は枝豆の林に限るぞ。

我宿の名月芋の露にあり

芋の葉の露に名月が映っている。
仰ぐばかりじゃ芸がない。
うつむいてする月見も悪くないな。

渋柿は馬鹿の薬になるまいか

渋柿の渋さは尋常ではない。
馬鹿につける薬はないというが、渋柿はどうだろう。
弟子の露月をからかった句だが、
まず、自分からためしてみるか。

桃太郎は桃金太郎は何からぞ

金太郎は飴から生まれたに決まっとるじゃろ。

琵琶聴くや芋をくうたる顔もせず

荘重な音楽は荘重な顔で聴くことが大切だ。
いま芋を食ってきたといったような顔で聞いてはいかん。
こら、わしの話をちゃんと聞きなさい。

行く秋にしがみついたる木の葉哉

葉にも生への執着があるのか。
枝から地面への旅をいやがる風情が、
痛ましくもあり、おかしくもあり。

冬近し今年は髯《ひげ》を蓄えし

三十にもなれば、男も髯が要る。
どんな髯が似合うか。
人生後半の勝負は髯できまるぞ。

渋柿や古寺多き奈良の町

渋柿がなければ、干し柿も柿渋もつくれない。
この世に無駄な物はひとつもないのだ。
南無阿弥陀仏、南無阿弥陀仏……。

取りに来る鐘つき料や暮の秋

鐘をつくのにも金が要る。
「神もカネを必要とする」という「カネ」は、
「鐘」ではなくて「金」だったか。

秋の雨荷物ぬらすな風引くな

秋の雨はつめたい。
こんな中を、引っ越しする漱石はたいへんだ。
荷物を濡らすなよ、風邪をひくなよと、
思わず声をかけたくなる。

松茸はにくし茶茸は可愛らし

松茸はたしかにうまいが、あの形が気に入らん。
とりわけ、でかいのは憎々しいな。
その点、茶茸は可愛い。
優雅な形をしていると思わないか。

ツクツクボーシツクツクツクボーシバカリナリ

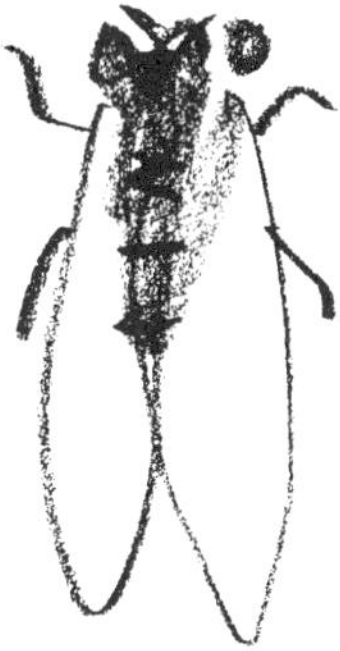

ツクツクボーシ

冬

猫老て鼠もとらず置火燵《おきごたつ》

役立たずの見本。こたつの置物。隠居の標本。
それでも飯だけは三度しっかり食べるところが、
うちのじいさんにそっくり。

婆々さまの話上手なこたつ哉

こたつで昔話となれば、おばあさんの独壇場だ。
お話はもともと読むもんじゃない、語るもの。
「語る」は「騙る」、それが愉しいのだ。

神の留守うすうす後家の噂《うわさ》哉

神無月は全国の神様が出雲大社に行って留守になるから神無月。
ただし、この句の「神」は氏神さんの神じゃない、山の神の神だと思ってもいい。

無精さや蒲団の中で足袋をぬぐ

蒲団の中で足袋を脱ぐくらいは無精のうちに入らない。
風呂の中でパンツをはいたまま洗ってる人もいる。
世の中、上には上がいるもんだ。

毛布着て毛布買い居る小春かな

毛布を着てるのに、毛布を買ってる。
あったかいなあと思うのは、
毛布のせいか、小春日和のせいか。

いもあらばいも焼こうものの古火桶

芋でもあれば焼くのに芋もない。
火鉢の灰に思わず火箸で
「芋」と書いてしまったぞ。

貧乏は妾《めかけ》も置かず湯婆《たんぽ》哉

かみさんはどうした。
あまりの貧乏にあきれて出てった。
いまに湯婆も出て行っちまうぞ。

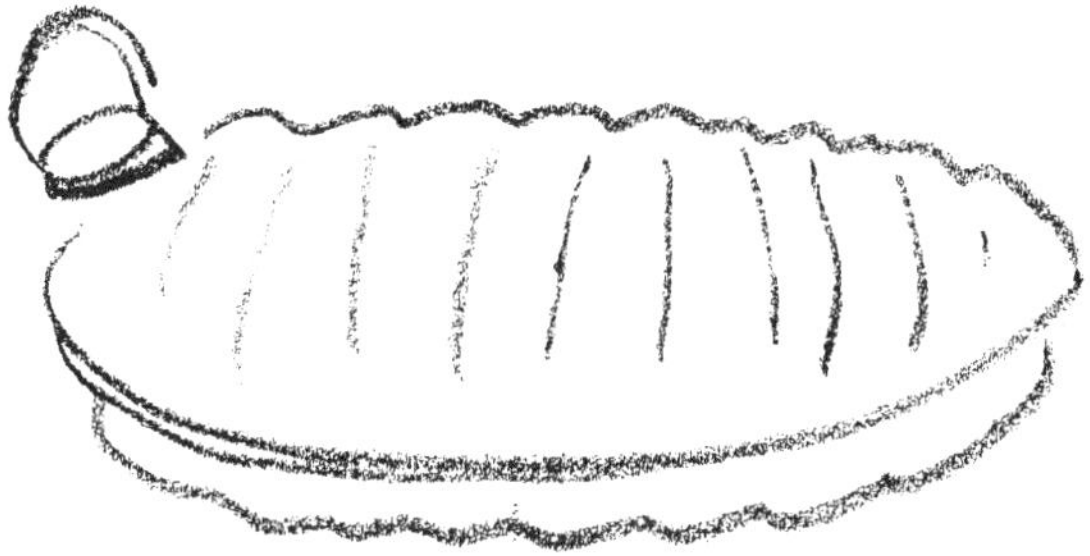

豆腐屋の来ぬ日はあれど納豆売

まめだねえ、この町内の納豆売りは。
え？　豆だからまめに決まってる？
あんたもまめだねえ。

お長屋の老人会や鯨汁

十二月十三日の煤払《すすはき》のあとには、
鯨汁を食べるのが江戸時代からの習わしだ。
夏の鰻、冬の鯨、年寄に活力を。

初冬の黒き皮剝《む》くバナナかな

バナナが台湾から輸入されるようになったのは明治三十六年。
バナナは貴重な果物だった。
あまり大切にしていたら、皮が真っ黒になってしまったぞ。

北風に鍋焼饂飩《うどん》呼びかけたり

冬の夜は流しの鍋焼うどんに限る。
家へ持って来てもらって食べるのもいいが、
寒風にさらされながら食べるのが、やっぱりうまい。

冬の部に河豚《ふぐ》の句多き句集哉

そんなにみんな、河豚を食べてるのかね。
それともなかなか口に入らぬから句に入れてるのかな。

冬帽の我土耳其《トルコ》というを愛す

トルコ帽は十九世紀の末から二十世紀のはじめにかけて、
オスマン帝国とその周辺で大流行をしたそうな。
物好きでかぶったわけじゃない、しるしをかぶったのだ。

家にまつ女房もなし冬の風

帰る家に明かりがついているというのはいいもんだ。
北風のつめたさも半減する。
ま、待ってる女房にもよるけどな。

うとましや世にながらえて冬の蝿

生きながらえればいいというもんじゃない。
蝿も人も死ぬときを間違えると、
うとましいだけだね。

手炉《しゅろ》さげて頭巾の人や寄席を出る

手炉（手あぶりの小火鉢）持参で寄席通い。通だねえ。好きだねえ。

面白やかさなりあうて雪の傘

雪の中を傘がかさなりあって。
番傘にも蛇の目にも、
ほら、雪が模様をつくっている。

煤《すす》払《はき》や神も仏も草の上

煤払のときは神も仏もない。
草の上に一緒に疎開させられて神仏混淆。
ま、仲良くやってくれ。

占いのついにあたらで歳暮れぬ

占いなどはしょせん当たらぬ。そうは思っていても、これほど外れるとやはりばかばかしい。さて、来年の運勢は。

鮭さげて女のはしる師走哉

師も走るくらいだから、女も走る。
が、鮭を持って走る姿は、
こわいというか、おかしいというか。

追々に狐集まる除夜の鐘

昔は大三十日になると、
王子稲荷に関八州の狐が集まって
集会を開いたそうな。
いま除夜の鐘でぞろぞろ集まって来る狐たちは、
狐に化けた人間たちさ。

行き逢うてそ知らぬ顔や大三十日

すれ違っても知らん顔。
お互い、「挨拶はあしたゆっくり」のココロだろう。
なにさまきょうは大三十日である。

貧乏は掛《かけ》乞《こい》も来ぬ火燵《こたつ》哉

昔はうちにも掛け取りがきたもんだ。
それも行列をつくって、うるさいのなんの。
その点、貧乏はいいねえ、こうして待ってるのに、
誰も来やしない。

いそがしく時計の動く師走哉

時計まで、師走はいそがしそうだ。
商人がいそがしいのはわかるけれど、
わしらまで何かに追い立てられているようで。
別にしめきり原稿もないのにな。

人間を笑うが如し年の暮

わははははは、
馬鹿だねえ、人間ってやつは。
あはははははは。
そうですね、あなたもわたしも、
わはははははは。
あはははははは。

糸瓜《へちま》咲て痰《たん》のつまりし仏かな

見てごらん、あれがわしだよ。
ことしも糸瓜は咲いたのに、
水を取るより先におさらばしちまった。
痰をつまらせて。
息をとめて。
痛みともおさらばだ。
やれやれ、あれがわしだよ。

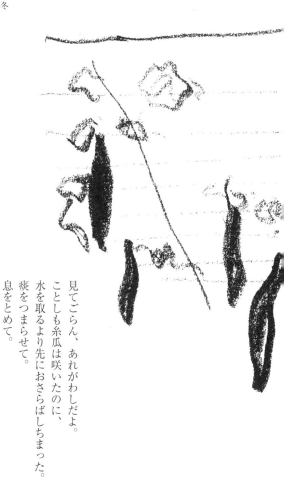

※末尾に掲載した「糸瓜咲て痰のつまりし仏かな」は、この本の区分にしたがえば「秋」の部に含まれるものですが、子規が死の前日に書き遺した最後の作品の中の一句なので、この本ではあえて末尾に収めました。（編者）

資料

＊季語は原則、子規が自ら分類整理したものに依っていますが、明治二十五年までの句と明治三十年以降の句については分類した稿本がなく、現代の分類を参考に調整しています。

＊改造社版子規全集、子規句集（岩波文庫）を参照し、『季語別子規俳句集』（松山市立子規記念博物館・編集発行）を底本としました。

＊【凡例】　句・〈季語〉・発表年（明治）の順に掲載

新年

初梦の思ひしことを見ざりける　〈初夢〉二八年
めでたさも一茶位や雑煮餅　〈雑煮〉三一年
蒲團から首出せば年の明けて居る　〈新年〉三〇年
雑煮くふてよき初夢を忘れけり　〈初夢〉三一年
元日や上野の森に去年の月　〈元日〉二六年
元日は佛なき世へもどりけり　〈元日〉二六年
弘法は何と書きしぞ筆始　〈書初〉二五年
錢湯を出づる美人や松の内　〈松の内〉三三年
錢湯に善き衣著たり松の內　〈松の内〉三〇年
口紅や四十の顏も松の內　〈松の内〉二六年
門松と門松と接す裏家哉　〈門松〉三〇年
正月の人あつまりし落語かな　〈正月〉二八年
世の中に馴れぬごまめの形かな　〈ごまめ〉二八年
雜煮腹本ヲ讀ンデモ猶ヘラズ　〈雑煮〉三五年
歌かるた知らぬ女と竝びけり　〈歌留多〉三三年
大三十日愚なり元日猶愚也　〈元日〉三四年
初芝居團十郎の烏帽子かな　〈初芝居〉三二年
初曾我や團十菊五左團小團　〈初芝居〉三三年
初芝居見て來て曠著いまだ脱がず　〈初芝居〉三三年
盗人の曆見て出る惠方かな　〈恵方〉二五年

春

絲子の凧あげながらこけにけり　〈凧〉二九年
每年よ彼岸の入に寒いのは　〈彼岸〉二六年
春風にこぼれて赤し齒磨粉　〈春風〉二九年
春風のとり亂したる彌生哉　〈弥生〉二六年

梅ちるや米とぐ女二三人　〈梅散る〉三〇年
春風や象引いて行く町の中　〈春風〉一〇年
人に貸して我に傘なし春の雨　〈春の雨〉二九年
春雨や裏戸明け來る傘は誰　〈春の雨〉三三年
紅梅や祕藏の娘猫の戀　〈紅梅〉二八年
二番目の娘みめよし雛祭　〈雛祭〉三二年
蝶〳〵や順禮の子のおくれがち　〈蝶〉二五年
すさましや花見戻りの下駄（橋）の音　〈花見〉二六年
彌次郎兵衛喜多八歸る櫻かな　〈桜〉二九年
十三の年より咲て姥櫻　〈姥桜〉二六年
散つた櫻散る櫻散らぬ櫻哉　〈散桜〉二九年
女生徒の手を繋き行く花見哉　〈花見〉一二年
錢湯で上野の花の噂かな　〈花〉二八年
人を見ん櫻は酒の肴なり　〈桜〉二九年
のどかさや娘が眠る猫が鳴く　〈長閑〉二九年
門しめに出て聞て居る蛙かな　〈蛙〉二五年
蝶飛ブヤアダムモイヴモ裸也　〈蝶〉三五年
內のチヨマが隣のタマを待つ夜かな　〈猫の恋〉二九年
おそろしや石垣崩す猫の戀　〈猫の恋〉二八年
春の夜や隣を起す忍び聲　〈春の夜〉三一年
化物の名所通るや春の雨　〈春の雨〉三五年
大佛のうつら〳〵と春日哉　〈春日〉二六年
大佛に草餠あげて戻りけり　〈草餅〉二七年

夏

夕立や竝んでさわぐ馬の尻　〈夕立〉二九年
夕立や蛙の面に三粒程　〈夕立〉三三年
夕立や豆腐片手に走る人　〈夕立〉二六年
五月雨や疊に上る青蛙　〈五月雨〉三四年

妻去りし隣淋しや夏の月　〈夏の月〉二九年
白や赤や黄や色々の灯取虫　〈火取虫〉二九年
短夜や幽靈消えて鷄の聲　〈短夜〉二九年
五女ありて後の男や初幟　〈幟〉三二年
雷をさそふ晝寐の鼾哉　〈昼寝〉三一年
葉櫻はつまらぬものよ隅田川　〈葉桜〉二九年
齒が拔けて筍堅く烏賊こはし　〈筍〉三五年
行水や美人住みける裏長屋　〈行水〉三三年
夕顔に女湯あみすあからさま　〈夕顔〉二九年
金持は涼しき家に住みにけり　〈涼し〉三一年
涼しさや人さま〴〵の不恰好　〈涼し〉二七年
和歌に痩せ俳句に痩せぬ夏男　〈夏〉三三年
鯛鮓や一門三十五六人　〈鮓〉二五年
薄物の羽織や人のにやけたり　〈夏羽織〉三三年
ある人の平家贔屓や夕涼　〈納涼〉二八年
子は寐たり飯はくふたり夕涼　〈納涼〉二八年
えらい人になつたさうなと夕涼　〈納涼〉二九年
睾丸をのせて重たき團扇哉　〈団扇〉二八年
睾丸の大きな人の晝寐かな　〈昼寝〉三三年
早乙女の辨當を覗く鴉かな　〈早乙女〉二九年
六十のそれも早少女とこそ申せ　〈早乙女〉二九年
男許り中に女のあつさかな　〈暑〉二八年
さはるもの蒲團木枕皆あつし　〈暑〉二六年
念佛や蚊にさゝれたる足の裏　〈蚊〉三〇年
よつて來て話聞き居る蟇　〈蟇〉二八年
蠅憎し打つ氣になればよりつかず　〈蠅〉二五年
愛憎は蠅打つて蟻に與へけり　〈蠅〉三一年
蚊か蠅か蚤か虱か孑孑か　〈蚊〉二七年
言巧ニ蚤取粉賣ル夜店カナ　〈蚤〉三五年
蚤とり粉の廣告を讀む牀の中　〈蚤〉三一年

極樂は赤い蓮に女かな　〈蓮の花〉二八年
生きてをらんならんといふもあつい事〈暑〉　不詳
一匙のアイスクリムや蘇る　〈夏氷〉三三年
腐り居る暑中見舞の卵かな　〈暑中見舞〉三三年
忍ぶれど夏痩にけり我戀は　〈夏痩〉二九年

秋

話ながら枝豆をくふあせり哉　〈枝豆〉三一年
枝豆ヤ三寸飛ンデ口ニ入ル　〈枝豆〉三四年
一日は何をしたやら秋の暮　〈秋の暮〉二五年
押しかけて餘所でめしくふ秋のくれ　〈秋の暮〉二五年
秋の蚊のよろ〳〵と來て人を刺す　〈秋の蚊〉三四年
秋風の一日何を釣る人ぞ　〈秋風〉二五年
錢湯で下駄換へらるゝ夜寒かな　〈夜寒〉二九年

螽焼く爺の話や嘘だらけ　〈蝗〉三一年
稲妻や大福餅をくふ女　〈稲妻〉二九年
羽織著る秋の夕のくさめ哉　〈秋の夕〉三一年
からげたる赤腰巻や露時雨　〈露〉一七年
柿くへば鐘が鳴るなり法隆寺　〈柿〉二八年
山門をぎいと鎖すや秋の暮　〈秋の暮〉二九年
書讀まぬ男は寐たる夜長哉　〈夜長〉三一年
人にあひて恐しくなりぬ秋の山　〈秋の山〉二九年
向きあふて何を二つの案山子哉　〈案山子〉二七年
柿喰の俳句好みしと傳ふべし　〈柿〉三〇年
小坊主や何を夜長の物思ひ　〈夜長〉二七年
何笑ふ聲ぞ夜長の臺所　〈夜長〉二七年
明月ヤ枝豆ノ林酒ノ池　〈名月〉三四年
我宿の名月芋の露にあり　〈名月〉二五年
渋柿は馬鹿の藥になるまいか　〈柿〉二九年

桃太郎は桃金太郎は何からぞ 〈桃の実〉三五年
琵琶聽くや芋をくふたる顔もせず 〈芋〉三一年
行く秋にしがみついたる木の葉哉 〈行く秋〉二一年
冬近し今年は髯を蓄へし 〈冬近し〉三三年
澁柿や古寺多き奈良の町 〈柿〉二八年
取りに來る鐘つき料や暮の秋 〈暮れの秋〉三二年
秋の雨荷物ぬらすな風引くな 〈秋雨〉三〇年
松茸はにくし茶茸は可愛らし 〈松茸〉二八年
ツク、、ボーシツク、、ボーシバカリナリ 〈法師蟬〉三四年

冬

猫老て鼠もとらず置火燵 〈炬燵〉二五年
婆々さまの話上手なこたつ哉 〈炬燵〉二九年
神の留守うす〱後家の噂哉 〈神の留守〉二六年
無精さや蒲團の中で足袋をぬぐ 〈足袋〉二八年
毛布著て毛布買ひ居る小春かな 〈小春〉三五年
いもあらばいも燒かうもの古火桶 〈火桶〉二九年
貧乏は妾も置かず湯婆哉 〈湯婆〉二九年
豆腐屋の來ぬ日はあれと納豆賣 〈納豆〉三〇年
お長屋の老人會や鯨汁 〈鯨〉三〇年
初冬の黒き皮剝くバナ、かな 〈初冬〉三二年
北風に鍋燒饂飩呼びかけたり 〈北風〉三〇年
冬の部に河豚の句多き句集哉 〈河豚〉三三年
冬帽の我土耳其といふを愛す 〈冬帽〉三〇年
家にまつ女房もなし冬の風 〈冬の風〉二四年
うとましや世にながらへて冬の蠅 〈冬の蠅〉二八年
手炉さげて頭巾の人や寄席を出る 〈手炉〉三一年
面白やかさなりあふて雪の傘 〈雪〉二六年
煤拂や神も佛も草の上 〈煤払〉二八年

占ひのつひにあたらで歳暮れぬ　〈年の暮〉三〇年
鮭さげて女のはしる師走哉　〈師走〉二五年
追々に狐集まる除夜の鐘　〈除夜〉三〇年
行き逢ふてそ知らぬ顔や大三十日　〈大晦日〉三二年
貧乏は掛乞も來ぬ火燵哉　〈炬燵〉二五年
いそがしく時計の動く師走哉　〈師走〉二五年
人間を笑ふが如し年の暮　〈年の暮〉三一年
絲瓜咲て痰のつまりし佛かな　〈糸瓜〉三五年

正岡子規　年譜（一八六七—一九〇二）

一八六七（慶応三）年		旧暦九月一七日（新暦一〇月一四日、ただし改暦は明治五年）、伊予国温泉郡藤原新町（現在の愛媛県松山市）に生まれる。父・隼太は松山藩の下級武士・御馬廻加番だった。本名・常規《つねのり》、幼名は処之助。
一八七〇（明治三）年	三歳	妹の律《りつ》が生まれる。
一八七二（明治五）年	五歳	父死去。幼名を升《のぼる》とする。
一八八〇（明治一三）年	一三歳	松山中学校入学。友人たちと回覧雑誌「桜亭雑誌」「弁論雑誌」をつくる。
一八八二（明治一五）年	一五歳	民権論の影響を受け、演説に熱中する。また、東京行きを考えるようになる。
一八八三（明治一六）年	一六歳	松山中学を退学。友人らと「北予青年学術雑誌」を創刊する。六月に上京。
一八八四（明治一七）年	一七歳	東京大学予備門に入学。
一八八五（明治一八）年	一八歳	俳句をつくりはじめる。

一八八八（明治二一）年	二一歳	ベースボールと寄席に夢中になる。肺の病気で喀血。
一八八九（明治二二）年	二二歳	夏目漱石と出会う。俳号を「子規」とする。肺結核と診断される。
一八九〇（明治二三）年	二三歳	帝国大学文科大学に入学する。
一八九二（明治二五）年	二五歳	新聞「日本」に「俳句革新のはじまり」を発表。母と妹を東京に呼び寄せる。日本新聞社に入社。
一八九三（明治二六）年	二六歳	友人らと句会をはじめる。帝国大学を退学。
一八九四（明治二七）年	二七歳	俳句の研究に打ち込む。根岸に転居（子規庵）。新聞「小日本」の編集責任者となる。
一八九五（明治二八）年	二八歳	日清戦争の従軍記者として、中国へ渡る。森鷗外を訪ねる。帰途、結核が悪化し、神戸の病院に入院。松山に帰省後、漱石の下宿で過ごす。のち、上京。
一八九六（明治二九）年	二九歳	脊椎カリエスと診断される。根岸の子規庵にて初句会をひらく。
一八九七（明治三〇）年	三〇歳	「ホトトギス」が発行される。
一八九八（明治三一）年	三一歳	「歌よみに与ふる書」を「日本」に連載。子規庵で歌会をひらく。
一九〇一（明治三四）年	三四歳	随筆「墨汁一滴」を「日本」に連載。「仰臥漫録」を書き始める。
一九〇二（明治三五）年		随筆「病牀六尺」を「日本」に連載。九月一九日、死去（三四歳）。

あとがき

柄にもなく子規記念博物館の館長を引き受けたとき、まず考えたのは、厳粛な顔をしている子規博の顔を愛敬のある笑顔に変えたいということでした。

その手始めに、子規博の建物の前に子規さんの俳句を、月替わりで、手書きの文字で、大きな垂れ幕にして掛けていくことにしました。

愛敬がテーマですから、できるだけユーモアのある句を選びたい。手書きにこだわったのは、子規さんの肉声が聞こえてくるような親近感がほしかったからです。ちなみにその文字は、松山在住の書家の方に頼もうとしたのですが、予算がないというので恥をしのんでぼくが書くことにしました。

めでたさも一茶位や雑煮餅

これがその第一号で、以来九年近く、館長が竹田美喜さんに代わったいまもこれは続けていますが、おかげで市民のみなさんから「毎月楽しみにしている」とか「今月の句はつまらん」とか「字が下手だ」とか、いろいろな声がもらえるようになりました。で、この際、いままでに選んだ句をもう一度選び直し、それに新しく選んだ句を足した上で、「面白そうだから一緒に遊ぶよ」と言ってくれた南伸坊さんをひきずりこんで、この本が生まれたというわけです。

はじめにもお断りしたように、これはかなり「よもだ」（いいかげん）な本です。子規の百十回忌に出すには、場違いな本かもしれません。でも、子規さんもかなりよもだな面を持った人だったし、それにぼくの育った家の「ご近所さん」でもあるので、「ようやらい」と笑って許してくれるんじゃないかと思っています。

終わりに、子規博にぼくを招いて（引きずりこんで）くれた松山市長の中村時広（現愛媛県知事）さん、子規博のみなさん、ぼくと南伸坊さんに容赦なく愛のムチをふるってくれた筑摩書房の金井ゆり子さんに、お礼を。

二〇一一年夏

天野祐吉

文庫版へのあとがき

凧《いかのぼり》きのふの空の　ありどころ

蕪村の句です。佐々木マキさんの二コマ漫画に、この句を絵にしたものがあります。松の木の生えた景色の中で後ろ姿の人物が空を見上げてる。ほとんど同じ絵が二枚、上下に並んでいる。

違うところが一ヶ所だけあって、上の絵には空の一部に ✳ という、マンガでは、ここに何かあったものが失くなってしまってるっていう記号が描かれている。そして下の絵には 凧《いかのぼり》 つまりタコが、きょうもゆうゆうと上がっているところが描かれてます。

そうして、上のコマには、蕪村の句と稲垣足穂先生鑑賞という字句があり、下のコマには同じように蕪村の句と萩原朔太郎先生鑑賞と書きつけられている。

なんだかおもしろい。私はこの蕪村の句も、足穂と朔太郎が揃ってこの句に言及していることも知らなかったんですが、なんだかおもしろいなあと思った。

俳句を、こんなふうな形で教えてもらったことがなかったので、とても新鮮な気分でしたね、自分にもこんなマンガが描けたらなあと思ったんです。

私は、いわゆる「句集」っていうのを、通読することがとてもむずかしい。すぐに緊張の糸が切れてしまって、ムリに読みすすめてもその先は楽しくない。句集っていうのは、きっと画集のように、ときどき手にとって適当なところを開いてみるっていうのがいいんじゃないか。

そんなことを思っていた時に、筑摩書房の金井さんから、この本の企画の話をいただきました。

子規に「笑える句がある」とは知らなかったので、半信半疑に読んでみると、たしかにバカバカしいのや、ふざけたようなのや、ぜんぜんえらそうでない句だのがあって、いっぺんに子規が好きになってしまいました。

あんなバカみたいな句を、子規は苛烈な闘病のさなかに作ってるんですからね。

あとで知ったんですが『墨汁一滴』の中でなかなかお迎えのこないのに苛立って、みずから閻魔庁にかけあいに行くっていう、芝居仕立ての一文があります。

さっさと地獄でもなんでもつれていけってことなんでしょう。行ってみると、実は一度青鬼が迎えに行ったが、根岸のあたりの道がややこしいのであきらめたのだとか、二度目に赤鬼が行ったところ、あのあたりの道が狭いから火の車が、つかえて通らなかったとかで、そのままになっていたが、そちらがそれほどその気になってるんなら、よし、今夜、迎えに行かせるから、とエンマ様に言われたときに、子規が「え?」と、ちょっと驚くところが、好きですね。

いつ迎えに来られてもいいけれども、

「今夜というのは余り早うございますな」

というのが笑えます。我身におきかえて考えれば、たしかになァと思えるので笑えるんですね。

仕事はたのしくできました。

昔から俳画というのは、句から離れなければいけない。まんまの絵解きになってはつまらないと言うんですけど、それはたしかにそうです。

でも、冒頭に紹介した佐々木マキさんのマンガのようにならら、俳句とイラストっていうのは、あんがい親和性のあるものじゃないか? 俳句にイラストやマンガを添えて、作者や専門家が編集した句集とは、まるで違った句集を勝手にどんどん作るっていうのはおもしろいな、と私は思います。

天野さんは、子規記念博物館の館長をつとめたこともある、俳句にも子規にも通じた方なので、短文のなかにさりげなく、さまざまな知識がちりばめられていて、しかもそれがさりげない。

この本を刊行した二年後に、お元気な姿の印象のままに天野さんは亡くなってしまわれたんですが、この仕事でご一緒できたのは、とてもありがたいことでした。

単行本のときの帯の

正岡子規は
冗談好きの
快活な若者
でもあった

っていうコピーは私が作りました。最初の読者としての素直な感想でした。

本書が、私のように句集を読むのが苦手な人に読んでもらえたらな、と思います。

笑える俳句だけがおもしろいわけでもないけれど、深遠で深刻な俳句だけがすばらしいわけでもないですからね。

南伸坊

解説　野球のゲームのような句会

関川夏央

天野祐吉さんは、子規は生涯に二万四千の俳句を詠んだといっています。

鹿鳴館外交が終り、憲法が公布され、子規が句作に熱中しはじめた明治二十年代は「日本回帰」「日本再発見」が社会潮流となった時代でした。それまでの「欧化一辺倒」の反動です。そんな流れの中、陸羯南《くがかつなん》の「日本」新聞は明治二十二（一八八九）年の紀元節、つまり憲法公布の日に創刊されました。のちに子規が就職して月給四十円を得ながら編集のおもしろさを知り、また多くの記事を執筆する新聞です。

「五女ありて後の男や初幟《はつのぼり》」

子規が明治三十二年に詠んだ句中の「男」が陸羯南です。子規の借家のすぐ近くにある女の子ばかりの陸家に、あきらめていた男の子が誕生したのでした。

明治二十年代にその二十代をすごした子規は、日本の精神文化・文芸文化の核心であるはずなのに忘れられた感のある俳諧と、継承されてはいるものの儀礼的贈答歌に終始する和歌に注目、自分の人生の残り時間をこのふたつのジャンルの再発見と再構築に費やすと決めました。

そんな子規も明治の子ですから、新しいものも好みました。とくに第一高等中学（のちの一高）の生徒時分には「ベースボール」に熱中して、キャッチャーで主将格でした。根が親分肌なのです。

子規の最初の喀血は明治二十一年です。やがてひそかに肺結核が進行しますが、子規は俳句や短歌（和歌の呼称をかえました）の会でベースボールをつづけたのだといえます。彼は俳句会や歌会を、「ベースボール」のゲームのような「座」にかえたのです。

子規は書いています。

「ベースボールには只一個の球《ボール》あるのみ」「球の行く処、即《すなわ》ち遊戯の中心なり。球は常に動く、故に遊戯の中心も常に動く。されば防者（＝守備側）九人の目は、瞬《かたとき》も球を離るるを許さず。打者走者も球を見ざるべからず。傍観者も亦《また》、球に注目せざれば終《つい》に其要領を得ざるべし」

文中の「球」を「句」「歌」に入れ換えると、子規の「座」になります。

俳句でいえば、子規は「宗匠」ではありません。俳句を教える人ではないのです。その「座」は野球チームに似て、全員がひとつの「句」に集中するところは、まるで試合です。そして子規は、選手を兼ねた監督のようです。

「座」に臨んだ全員がひとつの「句」を見つめ、緊張しつつ楽しみながらゲームを遂行するという考えですから、選句は当然「互選」です。子規のグループ（チーム）が「日本派」と呼ばれ、「日本派」俳句の影響下に、「ホトトギス」の兄弟誌・衛星誌が全国に広がったのは、この共和的に清新な印象のためでした。

「夏河を越すうれしさよ手に草履」

「青梅に眉あつめたる美人哉」

こちらは与謝蕪村の句です。宝暦・明和年間ですから、おもに一七六〇年代に活躍した蕪村は、明治にはまったく忘れられた存在でした。それを明治二十六年から二十七年にかけて発掘・採集したのは子規とその仲間たちでした。現代、蕪村が芭蕉とならぶ「俳聖」とされているのは、蕪村のイメージのあざやかさに感動した子規のおかげなのです。

子規の蕪村への尊敬心は、彼が病床から立てぬ人になっても衰えません。それどころかますます盛んで、毎年十二月下旬には大阪の門人（というよりチームメートですね）から蕪村にちなんで天王寺蕪《かぶ》を送ってもらい、東京・根岸の子規庵での蕪村忌句会、すなわち「日本派」チームの納会に風呂吹蕪に料理して供しました。

明治三十二年の蕪村忌には、二十歳も年長の門人内藤鳴雪、のちには喧嘩別れしますが子規の遺志をそれぞれに継いだ高浜虚子と河東碧梧桐、裏の家に住んで男の子を得たばかりの陸羯南をはじめ、なんと四十六人もが集いました。

子規庵は八畳の病間と六畳、それに妹律さんの四畳半、母八重さんの三畳だけの家ですから、床の間、縁側、玄関の式台にも人が座ったにしろ、どうやって入りきれたものか不思議です。大量に送られてきた天王寺蕪の風呂吹きも、ひとり一片しか回りませんでした。それほどに選手兼監督の子規は慕われていたということでしょう。

「めでたさも一茶位《くらい》や雑煮餅」（明治三十一年）
「一匙のアイスクリムや蘇《よみがえ》る」（明治三十二年）
「冬の部に河豚《ふぐ》の句多き句集かな」（明治三十三年）

天野祐吉さんは『笑う子規』に食べ物の句を多く選んでおられますが、子規はほんとうに食いしん坊でした。

「柿喰《かきくい》の俳句好みしと伝うべし」（明治三十年）

自分は柿が好きだ。柿好きがついでに俳句も好んだのだと後世にはつたえて欲しい、そういっています。天野さん好みの戯《ざ》れ句です。

おなじ明治三十年にはこんな句もあります。

「三千の俳句を閲《けみ》し柿ふたつ」

全国から「日本」新聞に送られてきた句稿を三千も読み、選んだ。その苦労に自分で報いるつもりで柿二個を食べた。そんなふうにとれる句ですが、実はそうではありません。

友人の京都の僧が、大きな釣鐘《つりがね》柿を十五個送ってくれましたが、届いたその日のうちに子規はひとりで十三個食べてしまいました。翌日に持ち越した最後の二個を、選句の仕事を終えた自分へのご褒美のつもりで食べたのです。

明治三十四年九月二十四日は、死ぬ一年前です。結核菌は肺から骨に食い込んで、脊椎カリエスを発症させました。それはひどい痛みをともないながら恒常的に排膿する病気です。さらに菌は消化器を侵して、子規は食物を満足に消化できない状態に至っています。

そんなときでも子規は朝食にご飯を三膳食べるのです。ほかにココア入りの牛乳を飲み、餅菓子と塩せんべいを食べました。昼にはカジキの刺身をおかずにお粥三杯。おやつには餅菓子と牛乳と牡丹餅と菓子パンと塩せんべい。夕食はサケの照り焼きでお粥三杯。デザートにはぶどうひと房です。これをカロリー計算してみると三千八百キロカロリーになります。

病床から身動きできない子規は、表現欲と友人欲（親分欲？）以外のすべてを、食欲に集中した感があります。

天野祐吉さんが注目したのはまさにその点でした。不運な境遇にありながら、いわゆる「文学的な苦悩」と無縁のままで、友人たちといっしょに文学を大いにたのしんだ子規の、その明るいセンスに微笑しつつ脱帽したのです。

天野祐吉さんは東京生まれですが、戦争末期に松山に縁故疎開し、そのまま中学・高校時代を過ごしました。上京後は、出版社、広告代理店で働き、独立して出版社を興し、広告批評というジャンルをつくり上げました。七十歳になる少し前の二〇〇二年から四年半、松山市立子規記念博物館館長をつとめておられます。

この本は、かねてから子規の俳句のユーモアを好んでいた天野さんが、文芸的な古い目からではなく、広告批評的にさわやか、かつあたらしい視点で選んだ子規の俳句を、南伸坊さんの挿絵の助力を得て編集した「天野祐吉的子規像」の提示といえるでしょう。

本書は二〇一一年九月、筑摩書房から刊行された『笑う子規』を再編集したものです。

ちくま文庫

笑《わら》う子規《しき》

二〇一五年一月十日　第一刷発行
二〇一七年七月三十日　第三刷発行

著　者　正岡子規（まさおか・しき）
編　者　天野祐吉（あまの・ゆうきち）
絵　南伸坊（みなみ・しんぼう）

発行者　山野浩一
発行所　株式会社　筑摩書房
東京都台東区蔵前二―五―三　〒一一一―八七五五
振替〇〇一六〇―八―四一二三
装幀者　安野光雅
印刷所　三松堂印刷株式会社
製本所　三松堂印刷株式会社

乱丁・落丁本の場合は、左記宛にご送付下さい。
送料小社負担でお取り替えいたします。
ご注文・お問い合わせも左記へお願いします。
筑摩書房サービスセンター
埼玉県さいたま市北区櫛引町二―六〇四　〒三三一―八五〇七
電話番号　〇四八―六五一―〇〇五三

ISBN978-4-480-43239-1 C0192